HALCÓN

VS.

GAVILÁN

JERRY PALLOTTA
ILUSTRADO POR
ROB BOLSTER

Scholastic Inc.

El editor quiere agradecer a las siguientes personas por su amable permiso para usar sus fotografías en este libro:
Fotos ©: ***Shutterstock****: 4 cernícalo del Amur (aDam Wildlife), 4 halcón peregrino (outdoorsman), 4 gerifalte (Bildagentur Zoonar GmbH), 4 halcón de Berbería (Agami Photo Agency), 5 gavilán colirrojo (Chris Hill), 5 azor (Jesus Giraldo Gutierrez), 5 gavilán acanelado (Timothy M Olsen), 5 gavilán de Cooper (Ian Maton), 5 halieto (Lone Wolf Photography), 7 (Don Mammoser), 8 arriba (Ondrej Prosicky), 8 abajo (Ken Griffiths), 9 arriba (Ian Duffield), 32 (Agnieszka Bacal),* ***Casa de Moneda de Estados Unidos****: 19 moneda.*

A mi halcón favorito: Rose Wandelmaier.
—J.P.
A la cariñosa familia del halcón favorito.
—R.B.

Originally published in English as *Who Would Win? Falcon vs. Hawk*

Translated by Abel Berriz

ISBN 978-1-338-87414-3

10 9 8 7 6 5 4 3 2 1 23 24 25 26 27

Printed in the U.S.A. 40
First Spanish printing, 2023

¿Qué pasaría si un halcón se encontrara con un gavilán? ¿Qué pasaría si pelearan? ¿Quién crees que ganaría?

HOLA, HALCONES

Los halcones, gavilanes, búhos, milanos y águilas son aves rapaces. Cazan a otros animales para alimentarse.

Hay varias especies de halcones:

DATO DE ALA
Las aves tienen dos alas.

DATO
Todas las aves tienen plumas.

A los halcones también se les llama aves de presa. Cazan la cena. Comen carne.

HOLA, GAVILANES

Los gavilanes son aves rapaces o de presa. Algunas aves comen semillas, otras comen frutas. Los gavilanes comen carne. Hay varias especies de gavilanes:

DATO DE NOMBRE

Los busardos, aguiluchos y milanos son también tipos de gavilanes.

DATO

Al halieto también se le llama gavilán pescador.

CONOCE AL HALCÓN

Este es el halcón peregrino.
Nombre científico:
Falco peregrinus

Esta ave está hecha para ser veloz. Puede volar en picado a más de 200 millas por hora. Es el animal más veloz del mundo.

El guepardo puede correr hasta 70 millas por hora.

El pez vela puede nadar hasta 90 millas por hora.

Los corredores olímpicos más veloces corren hasta 27 millas por hora.

humanos
más
veloces

CONOCE AL GAVILÁN

Este es un gavilán colirrojo.
Nombre científico: *Buteo jamaicensis*

Para ver al gavilán colirrojo, búscalo en las copas desnudas de los árboles junto a la carretera. A los gavilanes colirrojos les gusta mirar en todas las direcciones. Se mantienen alertas para evitar a los depredadores y cazar a sus presas.

Cuando un gavilán ve a un animal en el suelo, vuela con las garras hacia abajo para atraparlo.

DEFINICIÓN

Las garras de los gavilanes son curvas y afiladas. Las personas no tienen garras.

AIRE

Los halcones buscan aves para cazar. El halcón peregrino ataca de frente a gran velocidad, capturando a la presa con las garras. El peregrino come diferentes tipos de presas, como aves más pequeñas, lentas y débiles.

DATO DE GRUPO
A un grupo de aves se le llama bandada.

DATO
El hogar de un ave se llama nido. Los halcones construyen nidos simples.

El halcón suele construir el nido en grietas en las cimas de las montañas.

TIERRA

Los gavilanes atacan con sus afiladas garras hacia abajo, listos para atrapar a sus presas.

DATO DE HOGAR
El gavilán colirrojo suele hacer el nido en la copa de los árboles.

Los gavilanes cazan ratones, ratas, topos, ranas, lagartos y otros animales pequeños.

LA MÁS GRANDE

El ave terrestre más grande de hoy en día es el avestruz. Mide 9 pies de alto y no puede volar.

DATO DE COMIDA
La gente come avestruces. Su carne se parece a la carne de res.

El ave extinta más grande es el epiornítido. Los científicos creen que medía 10 pies de alto y pesaba 1.000 libras. El ave extinta de mayor estatura es el moa. Medía 12 pies de alto.

DEFINICIÓN
Extinto significa que una especie ya no existe.

El ave marina más grande es el albatros viajero. Tiene 12 pies de envergadura, más que cualquier otra ave voladora de hoy en día.

LA MÁS PEQUEÑA

El ave más pequeña de hoy en día es el zunzuncito. Es del tamaño de una abeja grande.

Zunzuncito

Huevo de avestruz

DATO DE HUEVO

El ave más pequeña pone el huevo de ave más pequeño. Es más pequeño que un grano de café.

Huevo de gallina

tamaño real

Huevo de zunzuncito

CÓMO

Las alas de los aviones se parecen a las de las aves. El viento fluye por la parte superior a mayor velocidad que por la inferior. Esto crea una fuerza o sustentación que les permite alzar el vuelo tanto a los aviones como a las aves.

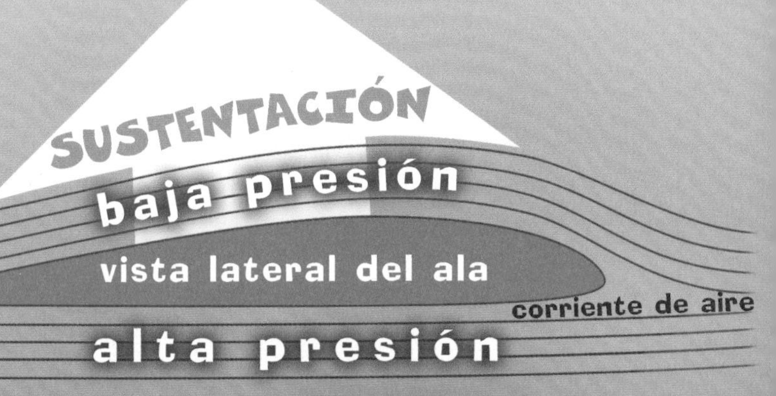

DATO MARINO
Los pingüinos no vuelan, pero parecen volar cuando nadan bajo el agua.

DATO
Wilbur y Orville Wright estudiaron a las aves y la estructura de sus alas para diseñar el primer avión.

TRABAJO DE ALAS

Otro modo de crear sustentación es ajustar el frente del ala hacia arriba. Esto crea una resistencia aerodinámica en la parte posterior.

OJOS

Los halcones tienen una vista excelente. Como la mayoría de las aves de presa, tienen mejor vista que los humanos.

¿SABÍAS ESTO?
El halcón no puede mover los ojos.

Los halcones pueden ver animales diminutos a una milla de distancia. Mientras vuela, el halcón puede ver a otras aves antes de ser visto.

OJOS

Los gavilanes también tienen muy buena vista. Ven pequeños animales en la tierra que los humanos no podrían ver sin binoculares.

DATO

Los gavilanes poseen cuatro canales independientes para la recepción de información del color, por lo que pueden percibir la luz ultravioleta.

¿SABÍAS ESTO?

El gavilán tampoco puede mover los ojos como los humanos. Mueve la cabeza para seguir con la vista lo que quiere ver.

PICO

Las mejores armas del halcón peregrino son la velocidad y el pico. Este último es puntiagudo y afilado, pero además tiene un borde dentado.

DATO AFILADO
El pico ganchudo del halcón sirve para desgarrar la carne.

¿SABÍAS ESTO?
Se puede saber lo que come un ave por la forma del pico.

DATO EXTRA
Algunas aves tienen picos especiales para romper nueces, chupar néctar o atrapar insectos.

PICO

El gavilán colirrojo tiene un pico afilado que le sirve para desgarrar la piel y la carne.

DEFINICIÓN
A veces se le llama "pico" a la boca de las personas.

DATO
Todas las aves tienen pico.

DATO DE DISEÑO
Otras aves tienen picos diseñados para perforar madera, atrapar peces o filtrar agua.

GARRAS

La garra del halcón peregrino puede alcanzar una pulgada de largo.

DATO DE DEDOS

La mayoría de las aves tiene cuatro dedos en cada pata: tres en la parte anterior y una en la posterior.

PATA

CUATRO DEDOS

GARRA

DATO DE DINOSAURIO

El Tyrannosaurus rex *también tenía tres dedos en la parte anterior y uno en la posterior.*

TAMAÑO REAL

GARRA DE HALCÓN PEREGRINO

MONEDA DE 25 CENTAVOS DE DÓLAR ESTADOUNIDENSE

PATAS OCULTAS DURANTE EL VUELO

PATAS

La garra del gavilán colirrojo puede alcanzar 1,3 pulgadas.

¿Te gustaría tener garras en los dedos de los pies?

VELOCIDAD

El halcón peregrino vuela hasta 60 millas por hora, pero puede volar en picado a más de 200 millas por hora. Desciende en picado hasta 0,62 millas en el aire.

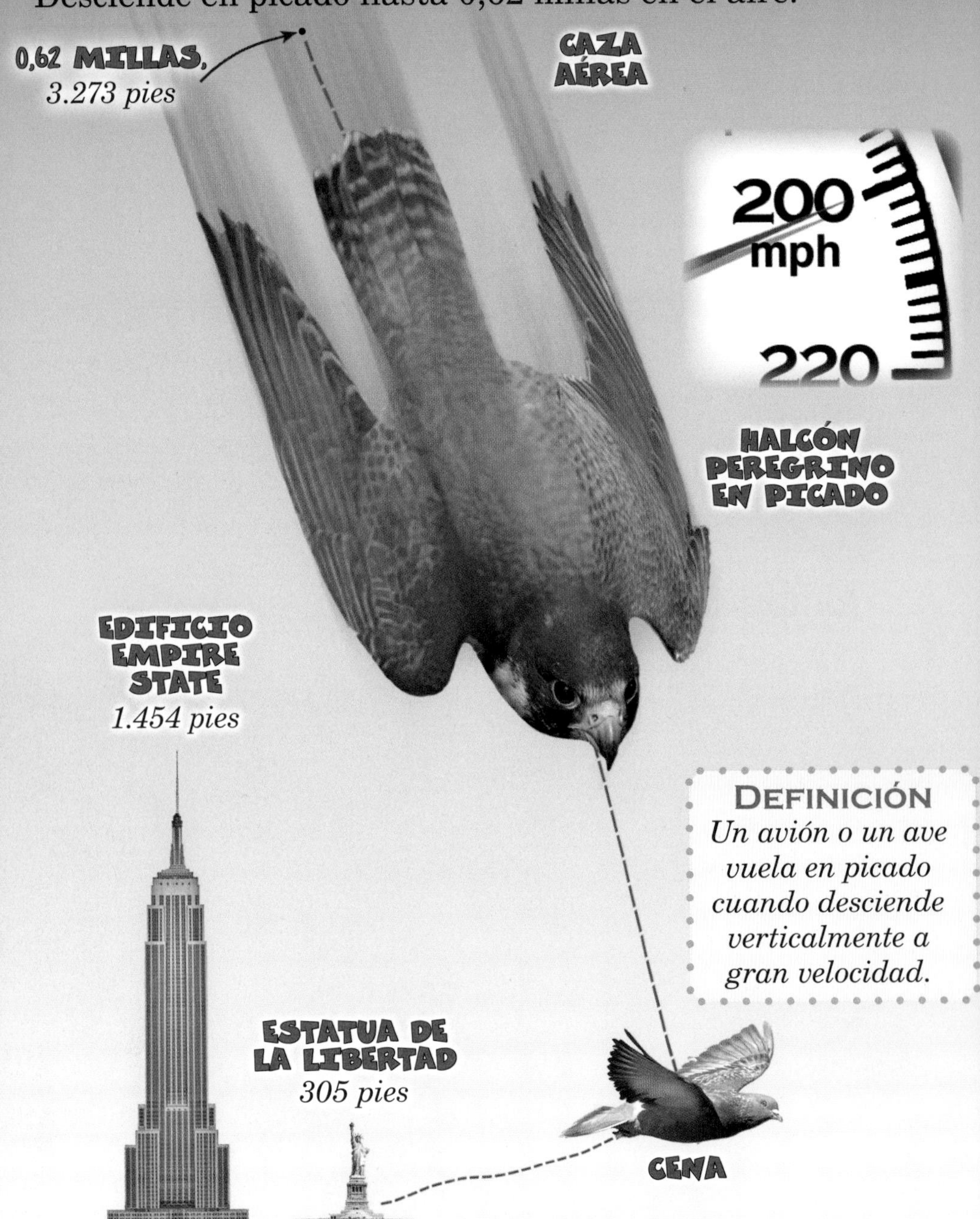

DEFINICIÓN
Un avión o un ave vuela en picado cuando desciende verticalmente a gran velocidad.

VELOCIDAD

El gavilán colirrojo vuela entre 20 y 40 millas por hora, pero puede alcanzar hasta 120 millas por hora volando en picado para cazar.

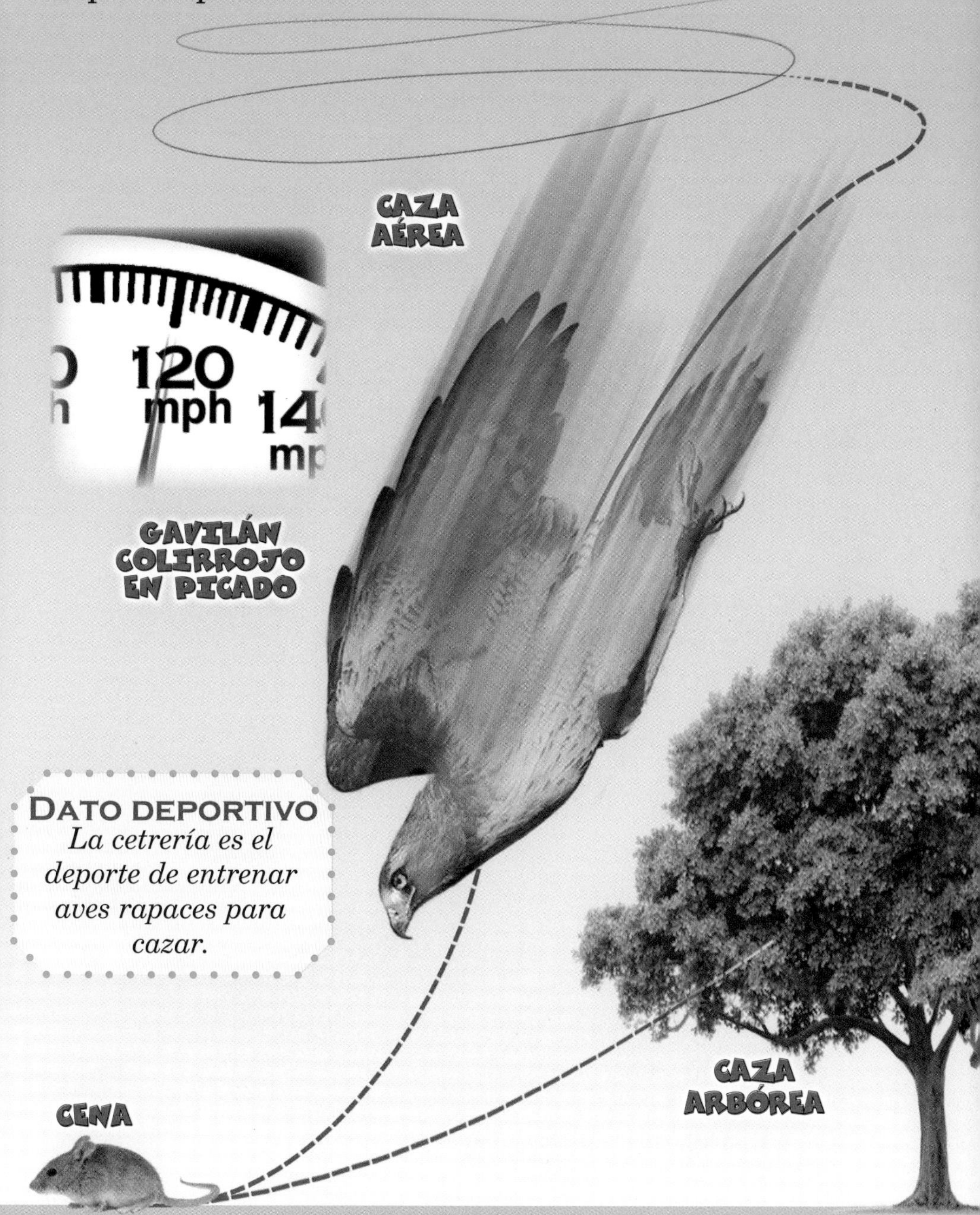

DATO DEPORTIVO
La cetrería es el deporte de entrenar aves rapaces para cazar.

Los gavilanes colirrojos pueden ver un ratón a 100 pies.

COLA

Las flechas no podrían volar si no tuvieran plumas en la parte posterior. La cola del halcón tiene la misma función: estabilizar el vuelo.

El halcón mueve la cola para girar o dar vueltas.

COLA

El gavilán colirrojo también mueve la cola para girar a la izquierda o a la derecha, volar en picado o elevarse en el aire.

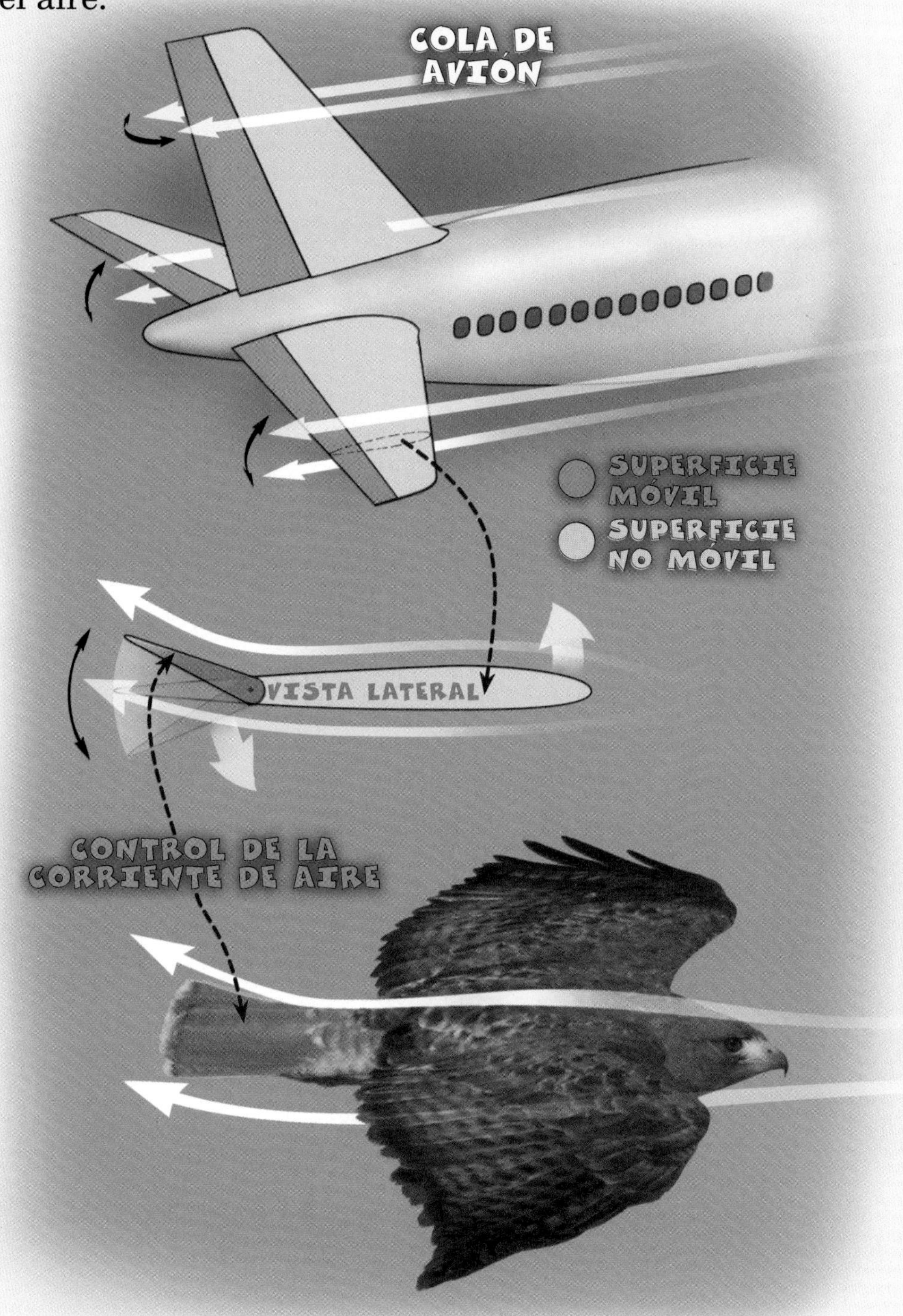

ALAS DE HALCÓN

Las alas del halcón son delgadas. Están hechas para volar a gran velocidad.

DATO TRISTE
El halcón peregrino llegó a extinguirse en varios países a causa del uso de pesticidas a partir de la década de 1950.

DEFINICIÓN
Los científicos que estudian las aves se llaman ornitólogos.

PESO DEL HALCÓN

HEMBRA

MACHO

La hembra adulta de halcón peregrino pesa cerca de 3,3 libras. El macho pesa cerca de 2,2 libras.

ALAS DE GAVILÁN

El gavilán colirrojo tiene alas anchas. Le sirven para volar entre los árboles y así poder cazar ratones, ardillas, ranas y otros animales pequeños. Los gavilanes tienen las alas más cortas y anchas que los halcones.

DATO DE NOMBRE EXTRA
Al gavilán colirrojo también se le conoce como busardo colirrojo.

PESO DEL GAVILÁN

HEMBRA

MACHO

La hembra adulta del gavilán colirrojo puede pesar hasta 3,2 libras. El macho puede pesar hasta 2,8 libras. La hembra es más grande que el macho, igual que ocurre con los halcones.

HALCONES FAMOSOS

No debería sorprendernos que los militares estadounidenses llamaran "halcones" (*falcons* en inglés) a sus mejores aviones de caza. Estos aviones atacan desde el aire como el ave. También pueden acelerar y maniobrar velozmente.

F-16 FIGHTING FALCON

Algunos equipos deportivos llevan el nombre de "falcons". Hay un equipo llamado los Atlanta Falcons en la Liga Nacional de Fútbol Americano.

CASCO DE LOS ATLANTA FALCONS

SELLO DE CORREOS CON LA IMAGEN DE UN HALCÓN

GAVILANES FAMOSOS

También hay equipos deportivos llamados “gavilanes” (*hawks* en inglés). En la Liga Nacional de Fútbol Americano hay un equipo llamado los Seattle Seahawks. La Liga Nacional de Baloncesto tiene un equipo llamado los Atlanta Hawks.

LOGO DE LOS SEATTLE SEAHAWKS

LOGO DE LOS ATLANTA HAWKS

SELLO DE CORREOS CON LA IMAGEN DE UN GAVILÁN COLIRROJO

Los militares estadounidenses tienen un helicóptero llamado Black Hawk. Se llama así por un jefe nativo americano que tenía ese nombre.

HELICÓPTERO BLACK HAWK

El gavilán colirrojo está posado en la copa de un árbol seco buscando ratones. El gran gavilán no ve al pequeño halcón que vuela a mil pies sobre su cabeza. El gavilán colirrojo emprende el vuelo.

El ave está concentrada buscando una presa. Tal vez haya una sabrosa cría de ardilla esperándolo. El gavilán colirrojo no mira hacia arriba.

El halcón peregrino ve al gavilán. Lo tiene en la mira y se prepara para volar en picado.

El halcón desciende como un cohete.

¡Al gavilán lo toman por sorpresa! *¡Pam!* El halcón le desgarra el ala y le rompe un hueso.

El gavilán trata de enderezarse, ¡pero el halcón lo vuelve a atacar y da en el blanco! *¡Pam!* El gavilán colirrojo comienza a caer. Esta vez no se recuperará.

Aterriza en el suelo gravemente herido.

Tras una corta pelea en tierra, el halcón se come al gavilán y les lleva un poco de la carne a sus hambrientos polluelos que esperan en el nido.

¡EL HALCÓN GANA LA PELEA!

¿QUIÉN LLEVA LA VENTAJA?

HALCÓN		GAVILÁN
☐	**Velocidad**	☐
☐	**Vista**	☐
☐	**Diseño del ala**	☐
☐	**Garras**	☐
☐	**Peso**	☐
☐	**Pico**	☐
☐	**Altitud**	☐
☐	**Actitud**	☐

Si tú fueras el autor de este libro, ¿cómo habría terminado la pelea?